Lee Aucoin, *Directora creativa*
Jamey Acosta, *Editora principal*
Heidi Fiedler, *Editora*
Producido y diseñado por
Denise Ryan & Associates
Ilustraciones © Bettina Guthridge
Traducido por Gloria Susana Esquivel
Rachelle Cracchiolo, *Editora comercial*

Teacher Created Materials
5301 Oceanus Drive
Huntington Beach, CA 92649-1030
http://www.tcmpub.com
ISBN: 978-1-4807-4040-2

Printed in China

Esta es la torre que Frank construyó

Escrito por Sharon Callen

Ilustrado por Bettina Guthridge

Esta es la torre,
de luz el reflejo,
que está en Nueva York.

Esta es la torre con paredes ondulantes,
de luz el reflejo,
de la noche el espejo,
que está en Nueva York.

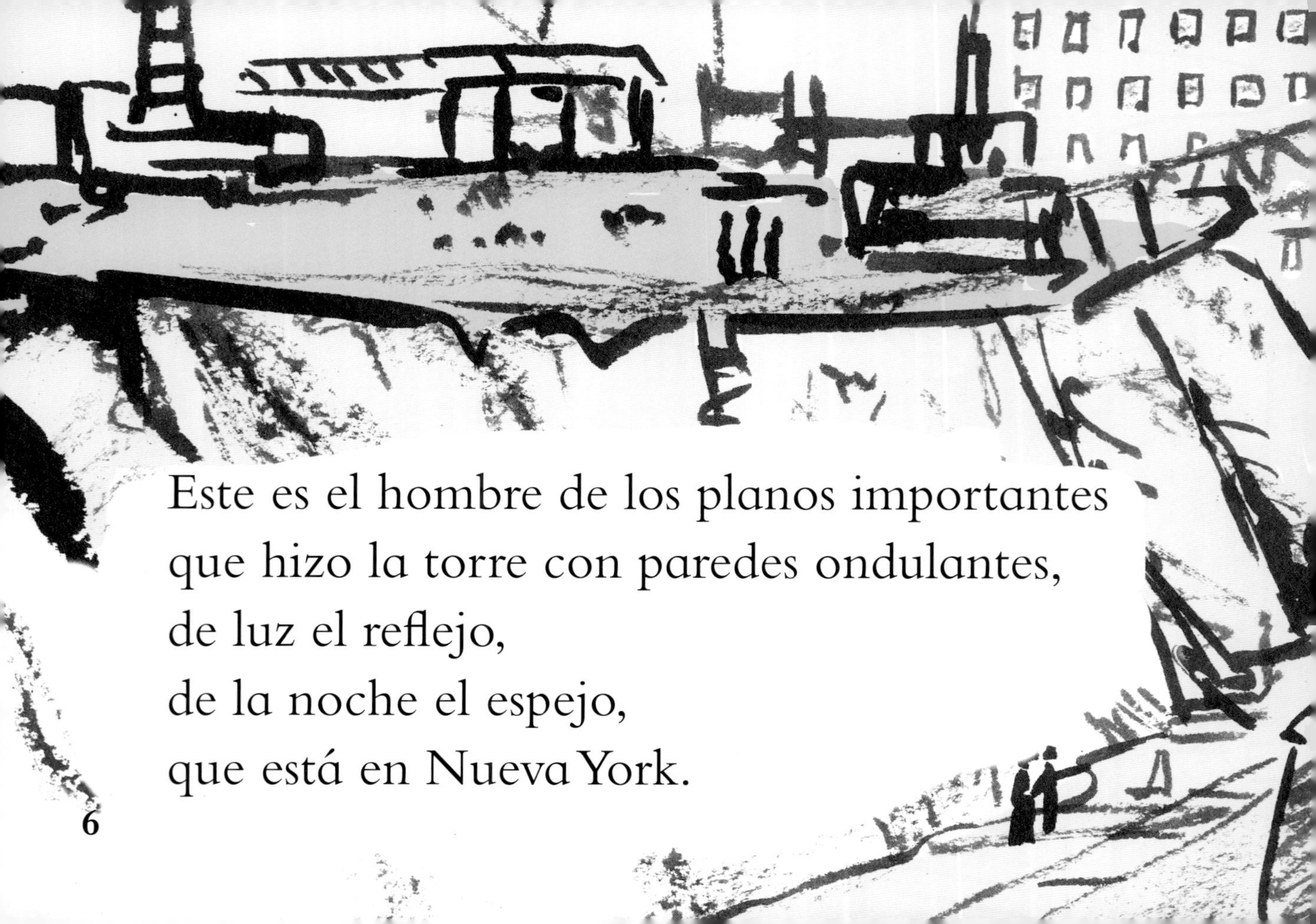

Este es el hombre de los planos importantes
que hizo la torre con paredes ondulantes,
de luz el reflejo,
de la noche el espejo,
que está en Nueva York.

7

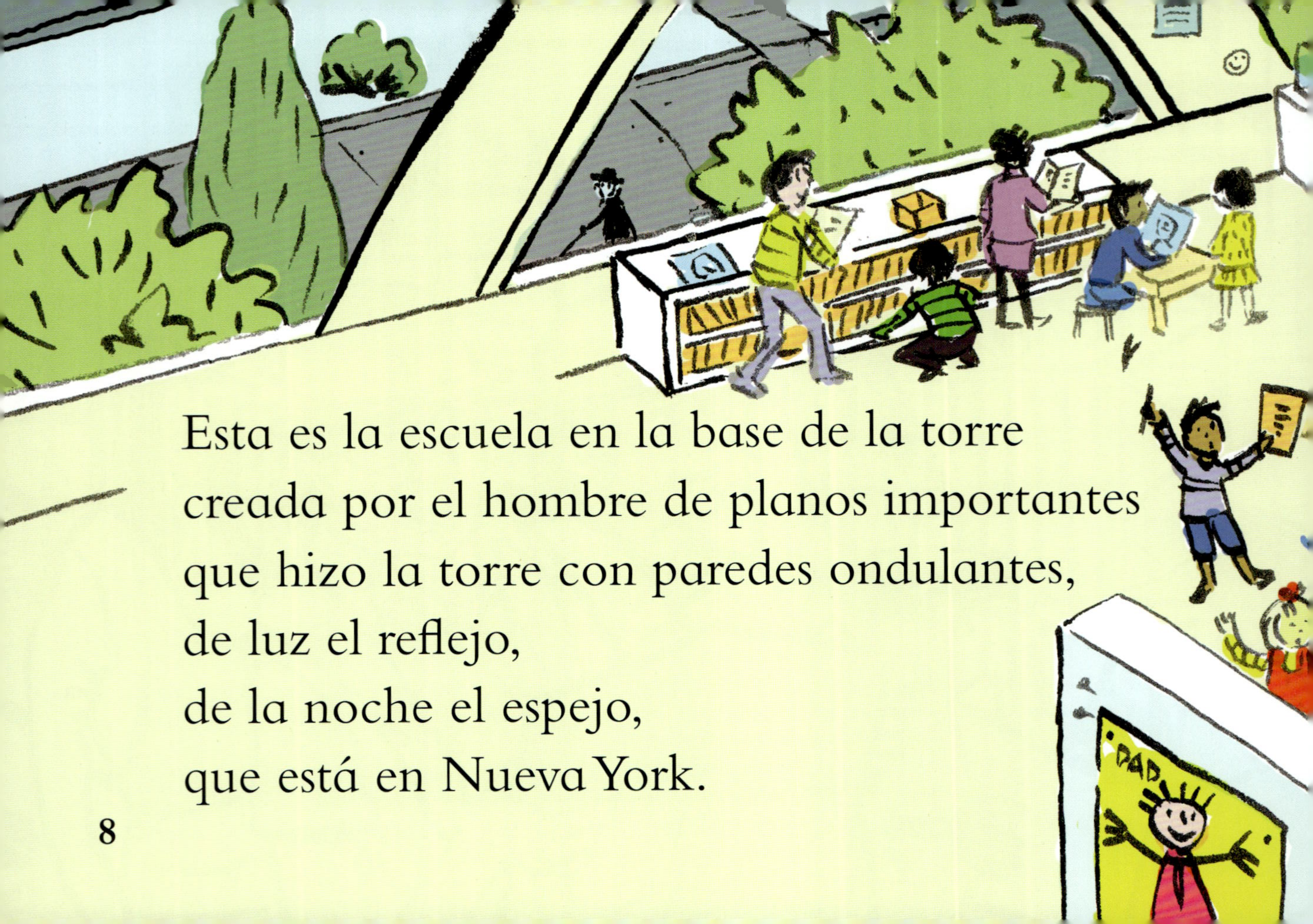

Esta es la escuela en la base de la torre
creada por el hombre de planos importantes
que hizo la torre con paredes ondulantes,
de luz el reflejo,
de la noche el espejo,
que está en Nueva York.

ISLANDS

Esta es la piscina que está sobre la escuela
creada por el hombre de planos importantes
que hizo la torre con paredes ondulantes,
de luz el reflejo,
de la noche el espejo,
que está en Nueva York.

Este es el cuarto donde los niños juegan,
está sobre la piscina y está sobre la escuela
creada por el hombre de planos importantes
que hizo la torre con paredes ondulantes,
de luz el reflejo,
de la noche el espejo,
que está en Nueva York.

Estas son ventanas que se hinchan y estiran,
encantan a todos los que las admiran,
rodean el cuarto de los juegos,
está sobre la piscina y está sobre la escuela,
creada por el hombre de planos importantes
que hizo la torre con paredes ondulantes,
de luz el reflejo,
de la noche el espejo,
que está en Nueva York.

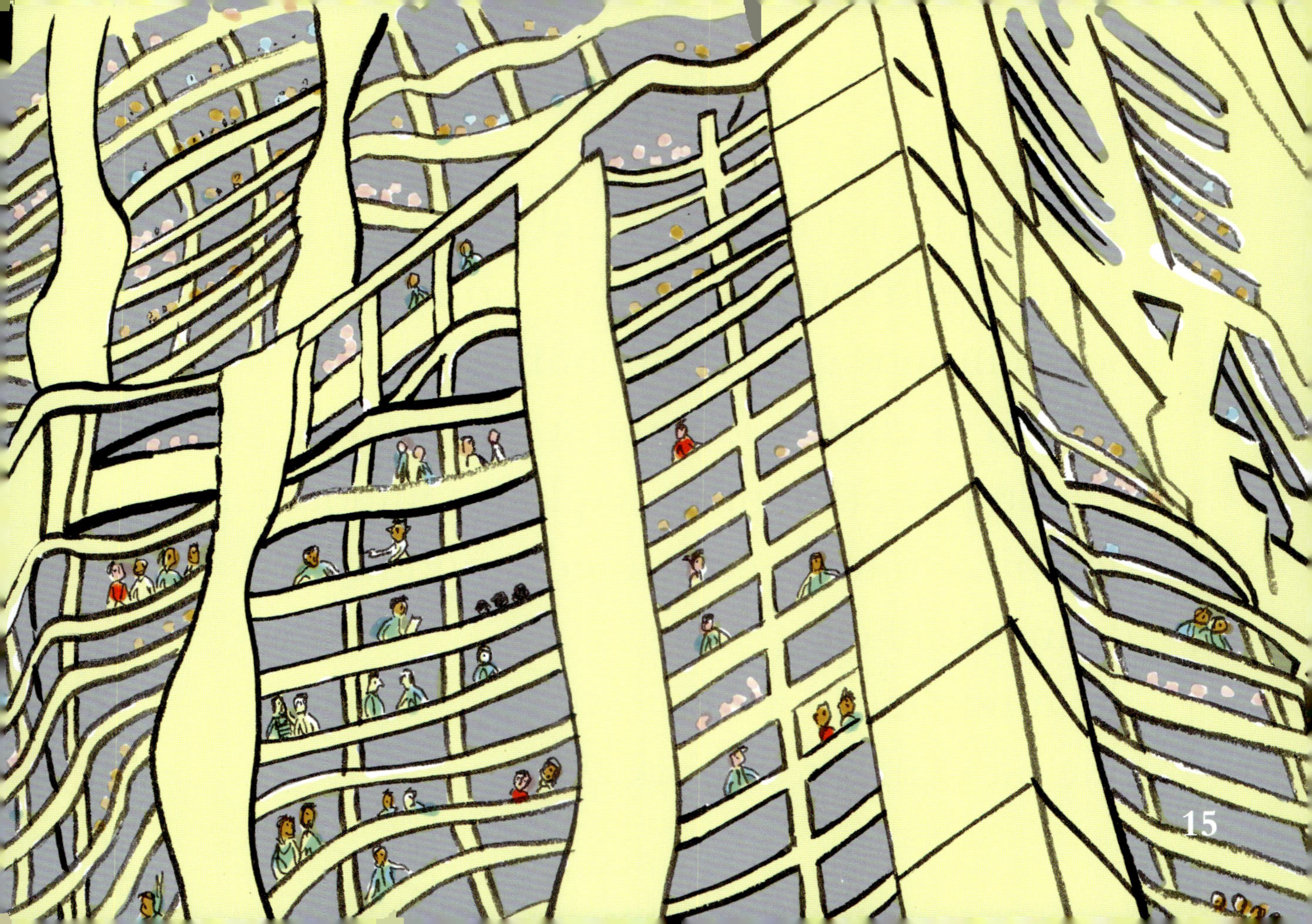

Esta es la casa de Dee en el piso veintitrés
donde ve la ciudad con mucho interés
por ventanas que se hinchan y estiran,
rodean el cuarto, la piscina y la escuela
creada por el hombre de planos importantes
que hizo la torre con paredes ondulantes,
de luz el reflejo,
de la noche el espejo,
que está en Nueva York.

NY
New York

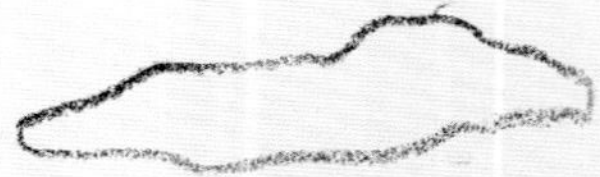

Esto es lo que Dee ve desde su hogar:
edificios que pueden como el cromo brillar
por ventanas que se hinchan y estiran,
rodean el cuarto, la piscina y la escuela
creada por el hombre de planos importantes
que hizo la torre con paredes ondulantes,
de luz el reflejo,
de la noche el espejo,
que está en Nueva York.

Esta es la luz y su reflejo
que Dee ve en la noche como un espejo
desde su casa en el piso veintitrés
por ventanas que se hinchan y estiran
rodean el cuarto, la piscina y la escuela,

creada por el hombre de planos importantes
para hacer la torre con paredes ondulantes
de luz el reflejo,
de la noche el espejo,
que está en Nueva York.

Este es el tiempo, cinco años triunfantes,
que le tomó al hombre y a sus ayudantes
para hacer la torre con paredes ondulantes
de luz el reflejo,
de la noche el espejo,
que está en Nueva York.

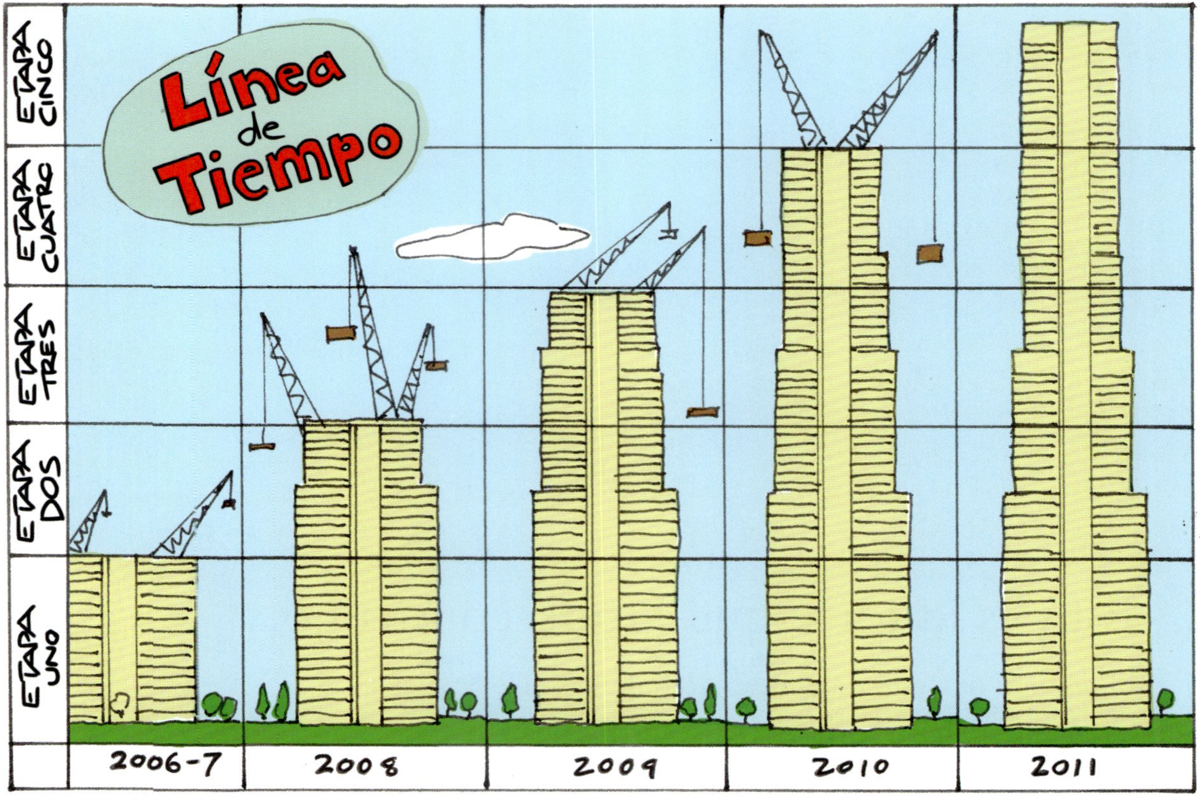
Línea de Tiempo
ETAPA CINCO
ETAPA CUATRO
ETAPA TRES
ETAPA DOS
ETAPA UNO
2006-7
2008
2009
2010
2011

Esta es la torre que Frank construyó.

El edificio que está en el número 8 de la Calle Spruce, Ciudad de Nueva York, Estados Unidos fue diseñado por el arquitecto Frank Gehry.